VICOMTE DE BORRELLI

LES DACTYLES

PARIS
ALPHONSE LEMERRE, ÉDITEUR
23-31, PASSAGE CHOISEUL, 23-31

M DCCC XCVI

LES DACTYLES

DU MÊME AUTEUR

POÉSIE

Sursum Corda! *(Couronné par l'Académie française)*. 1 vol. in-4° (épuisé). 2 50

Légion étrangère. 1 vol. in-4° (épuisé). 2 50

Rana *(Couronné par l'Académie française)*. Nouvelle édition. 1 vol. petit in-8°. 3 50

Arma. 1 vol. petit in-8°. 3 50

Le Jongleur *(Couronné par l'Académie française)*. 1 vol. in-4° (épuisé). 3 50

Kashiwadé. 1 vol. in-4°. 3 50

Rimes d'argent. 1 vol. petit in-8°. 3 50

La Fonte du Persée. *(Couronné par l'Académie française)*. 1 vol. in-4° 3 50

THÉATRE

Alain Chartier. 1 vol. in-18. . . . . 1 »

Alain Chartier. 1 vol. in-4° (épuisé). . . . . . . 5 »

SOUS PRESSE

Théodore-Agrippa d'Aubigné. *L'Homme et l'Œuvre*. . 1 vol.

VICOMTE DE BORRELLI

LES

DACTYLES

PARIS

ALPHONSE LEMERRE, ÉDITEUR

23-31, PASSAGE CHOISEUL, 23-31

M DCCC XCVI

DÉDICACE

O et præsidium et dulce decus meum!

A LA MÉMOIRE

D'ALEXANDRE DUMAS FILS,

LE GUIDE DONT J'ÉTAIS SÛR,

LE GRAND AMI DONT J'ÉTAIS FIER,

TRISTEMENT

JE DÉDIE CE PETIT LIVRE.

BORRELLI.

EXORDE

EXORDE

« Va, petit livre, et choisis ton monde. »

TOPFFER.

Écrivant en français, — chose grave, — l'auteur
Ne tâche qu'à parler le clair français qu'il aime;
Sans plus d'illusions il apporte au lecteur
Des vers que le lecteur eût pu faire lui-même.

Prévu, leur peu d'écho lui sera moins amer;
Il sait l'œuvre éphémère entre les périssables :
Grain de sable, qu'elle aille à l'infini des sables;
Qu'elle aille, goutte d'eau, se perdre dans la mer...

LA FONTE DU « PERSÉE »

LA FONTE DU « PERSÉE »*

« Qu'importe ! »

Décembre mil cinq cent quarante-neuf. — On est
A cette heure où partout une Athènes renaît.
En paix avec la France, avec Rome et l'Empire,
Florence est toute aux arts. A peine on y conspire.
Cosme, premier du nom, règne.

— D'un pas joyeux.
Un homme, au jour tombé, quitte le Palais-Vieux.
Gagnons vite, avant lui, la ruelle voisine ;
Et le feu grésillant des fanaux de résine

* Académie Française. Prix de Poésie, 1893-1895.

Qu'on voit, de loin en loin, dans la brume d'hiver
Flamber aux carrefours sur des hampes de fer,
Vous fera reconnaître, en dépit d'une bise
Qui hausse le manteau jusqu'à la barbe grise,
Le bel air cavalier, respecté des voleurs,
Du seigneur Cellini, prince des ciseleurs.

Maître Benvenuto naguère était à Rome,
A Venise, à Paris, on ne sait où. Cet homme
Est l'orfèvre gâté des Papes et des Rois;
Il charmait Clément Sept; il désola Paul Trois.
Après mainte aventure et maintes équipées,
Las d'ouvrer des bijoux ou des pommeaux d'épées,
Las d'être potier d'or, il s'érige en sculpteur.
Florence l'a revu. Ses dédains, sa hauteur,
Lui font des malvoulants presque autant que l'envie;
D'aucuns ont, à l'en croire, entrepris sur sa vie;
Mais Cosme le protège, et l'artiste a juré
De vider un débat qui n'a que trop duré.
C'est en bronze, qu'il veut dresser une statue
Dans sa ville; et tandis qu'à l'œuvre il s'évertue,
Même hâte est chez tous de le voir en finir :
Car la figure entière, il prétend l'obtenir
Sans rivets, ni boulons, ni trace d'assemblage,
Par le seul tour de main qu'il apporte au moulage.

Le goût du surprenant est chez lui bien ancré.
Malgré Messer Riccio qui le raille, malgré
Baccio Bandinelli qui ne veut pas y croire,
Il compte bien sortir de l'épreuve à sa gloire.
Une date est fixée, et le cadre choisi
Sera, près du Palais, un arceau des « Lanzi ».

Or, ce soir, en secret, et contre l'étiquette,
Il présentait à Cosme une fière maquette;
Cosme a tout approuvé. Statue et piédestal
Seront coulés, chacun, d'un seul jet de métal;
Et ce que l'on verra sur le socle octogone,
C'est le Duc Perseüs, vainqueur de la Gorgone.

*
* *

Suivons Benvenuto qui s'engage, à grands pas,
Dans un faubourg douteux, au bout des quartiers bas.
Une masure est là, qui semble abandonnée;
Observez cependant son ample cheminée :

Une fumée en sort ; une rougeur y luit ;
Ce logis est au Maître ; il y va chaque nuit.
Il entre : nous entrons.

Le dedans est étrange :
Un peu moins qu'une salle ; un peu plus qu'une grange.
En bas, point de dallage ; en haut, pas de plafond.
Une hotte surplombe un foyer, tout au fond.
Sous les chevrons du toit, les libres araignées
Ont tissé leurs cloisons de poussière imprégnées ;
Et, descendant du faîte, un enchevêtrement
De moufles et d'agrès oscille doucement.
Un arsenal complet de terribles ferrailles
S'entasse dans les coins ; appendus aux murailles,
Des leviers, des cuillers, des pinces, des ringards,
Bizarrement cruels, étonnent les regards.
On croirait qu'ils sont là pour quelque noir office ;
Que ce sont des outils forgés pour un supplice,
Et que ces chevalets, ces barres, ces ciseaux
Vont mordre de la chair ou vont broyer des os...

Certains objets, pourtant, de moins sombre nature,
Démentent cet aspect de chambre de torture :
Ce sont, un peu partout, en bel or de ducat,
Attendant leur fini d'un burin délicat,

Des pièces d'ornement et de noble vaisselle
Où tout rayon qui passe accroche une étincelle.

— Ne quittons pas le Maître : Allons droit au foyer
Signalé dès le seuil, et qu'on voit rougeoyer.
A sa masse, où la brique a remplacé la pierre,
A son soufflet géant, dont ronfle la tuyère,
Vous avez reconnu le fourneau des fondeurs.
Un masque épais, de tôle, en brise les ardeurs.
Mais le Maître, aussitôt, car sa manière est prompte,
Veut juger si l'instant est venu de la fonte.
Les aides, accourus, se sont rangés : l'un d'eux,
Leur chef, est en avant ; de son croc hasardeux
Il ouvre brusquement les portières du masque :
Et, chargé d'une lave étincelante et flasque,
Le creuset apparaît ! Aux profondeurs du four
Il attire vers soi tous les yeux sans retour ;
Vibrant, comme nimbé par la flamme asservie,
Il est le Centre, il est la Source, il est la Vie !
A le voir, presque humain, si rouge et si vainqueur,
On se prend à rêver d'un impossible Cœur
En l'éblouissement d'une poitrine ouverte !...

Une fosse au-devant. Pétri de sable inerte,
Le moule est là. Fretté d'acier, percé d'évents,
Se reliant au four par des canaux savants,
Il émerge de l'ombre. — En cette chose énorme
On ne saurait d'abord discerner une forme ;
Mais des gens avertis, après quelques moments,
Peuvent, sans trop d'effort, sous les empâtements
Suivre la silhouette, attendue et confuse,
Du héros brandissant la tête de Méduse.

— Donc, on est prêt. Le Maître a tout vu. — Cependant
A livrer la bataille il semble moins ardent.
Recueilli, l'ongle aux dents, il compare et calcule ;
Il balance, en un mot. Non, certes, qu'il recule !
Mais un penser le hante en face du creuset :
Il le voudrait plus grand ! Si le métal fusait
Tant soit peu, seulement, hors des routes ouvertes,
Où serait le surplus qui répare les pertes ?
— Tant pis. Trop tard ! — Un coup de barre dans le lut :
Et la fonte commence.

*
* *

— Hésitante au début,
Pâteuse, regardez s'allonger la coulée,
Elle est d'un rose pâle, et toute constellée
D'un aveuglant semis de paillettes. — Son jet
Au ras même du four vient emplir un auget;
De là, par des chéneaux dont elle suit la pente,
Sa marche se divise et son éclat serpente.
Lentement refroidie, elle passe en chemin
Du rose pâle au rouge, et du rouge au carmin;
Avec des temps d'arrêt, très légers, elle y roule,
Et doucement, sans bruit, disparaît dans le moule.

— La fonte avance, et rien, encore, n'a bronché. —

Soudain, terreur et cris! L'auget s'est détaché!
Un flot de ce métal qu'il reçoit et charrie
Tombe dans la fournaise et se change en scorie...

Mais, si vite et si bien l'on avise au danger,
Qu'en somme, bronze à part, le dommage est léger.
Le Maître, lui, se sent perdu ! Ce moule avide
Dévore la coulée, et son creuset se vide.
Quelques débris d'étain, de cuivre y sont lancés :
Ce n'est qu'une misère, et ce n'est point assez !
Quand la matière manque, où pourra-t-il en prendre ?
Est-ce qu'il y renonce ? Est-ce qu'il va se rendre ?
Lui, se rendre ? Jamais ! Écoutez-le : — « Sauvé !
« Je ne sais pas comment je n'avais pas trouvé !
« Regardez-moi ce tas de soi-disant merveilles,
« C'est absurde ! Demain, nous ferons les pareilles ;
« Aujourd'hui, celles-ci vont servir, de par Dieu !
« Quand on n'a plus de cuivre, on prend de l'or ! Au lieu
« De rester là, vous tous, à parler à voix basse,
« Et, vraiment, d'avoir l'air de me demander grâce,
« Un peu de hâte, enfants ! C'est beaucoup trop d'émoi ;
« Ramassez-moi cela, vite, et donnez-le-moi ! » —
Les aides, atterrés, indignés, se récusent.
Benvenuto, lui-même, alors, puisqu'ils refusent,
Court et prend au hasard. Il rafle à pleines mains
Ces miracles du goût et du travail humains,
Et son délire, accru, se monte à la furie ;
Il commande, il implore, il jure, il injurie !
L'œil fou, la gorge sèche et le geste dément,

Il parle, il chante, il gronde, il clame éperdument :
— « Au creuset ! le hanap de l'Électeur de Prague !
« Le surtout du Valois, l'aiguière du Gonzague !
« Les étriers à jour promis à Bajazet,
« Les chandeliers massifs pour le Pape, au creuset !
« Que pèse une merveille à qui veut un prodige ?
« Des chefs-d'œuvre, cela ? C'est du métal, vous dis-je !
« Le reste, sang du Christ ! Le reste ! entendez-vous,
« Misérables ! ou bien je vous écrase tous ! » —
Et, sûr de son génie, à sa richesse morte
Il jette pour adieu ce dernier mot : — « Qu'importe ! » —

Et le torrent de feu poursuit son cours. Hagards,
Les disciples du Maître ont saisi les ringards ;
Et, blêmes d'avoir vu le tragique pillage,
Lourdement, en silence, ils brassent l'alliage.

— Lorsque le moule est plein ; que le métal, bavant,
Reflue en bourrelet par le plus haut évent ;
Tandis qu'à tous les joints une mince fumée
S'échappe, en filets bleus, de la lave enfermée,
Benvenuto, d'un geste humble autant qu'ingénu,
Se signe largement. — Et là, sur le sol nu,
En face du foyer mourant, dont l'alvéole
Projette sur le mur une vague auréole,

Inondé de sueur, les vêtements roussis,
Le visage brûlé de la barbe aux sourcils,
Mais, de loin, comme un roi, veillé par ses élèves,
Il s'endort, pesamment, d'un sommeil plein de rêves...

*
* *

— Au jour dit, au lieu dit, joyau dans un écrin,
Florence saluait le demi-dieu d'airain;
Et le grand Cellini, perdu parmi la foule,
Qui battait les « Lanzi » de ses remous de houle,
Caressait d'un sourire, en l'idéal décor,
Son héros dont le casque avait des reflets d'or!

*
* *

O Patrie!

— Il se peut qu'une aurore se lève
Où tu doives, l'éclair de la Revanche aux yeux,
T'éveiller en sursaut de la Paix et du Rêve,
Sous le sacré soleil tirer ton large glaive,
Et lutter pour le sol où dorment les aïeux!
Mais, s'il te ressouvient des affres de naguère,
Si tu veux, cette fois, t'en pouvoir affranchir,
Sache offrir au Moloch énorme de la Guerre
L'holocauste choisi qu'il faut pour le fléchir!

Quand nos champs piétinés se bossuaient de tombes,
Que l'on y trébuchait aux morts à chaque pas,
Lorsque nos toits croulaient effondrés sous les bombes,
Trop vulgaires sans doute étaient les hécatombes,
Et tes soldats obscurs, France, ne comptaient pas!
Eh bien! Si ce fut peu d'un Regnault, d'un Luynes,
— Hostie au front ducal, hostie au front lauré, —
Pour conjurer jadis les deuils et les ruines,
Prodigue leurs pareils, ô pays adoré!

Oui, quand aura saigné par trop l'Armée entière,
Et que seront tombés, sans vouloir de quartier,
Ceux-là dont c'est le simple et superbe métier,
Tombés, de jalonner encore la frontière,

Songe au Maître fondeur dont l'exemple est si beau !
Mère, appelle tes fils ! France, crie : — « Au drapeau ! » —
Et, — menés par la Mort, chevauchant à leur tête, —
Tu verras accourir sous l'auguste oripeau
Le noble et le penseur, l'artiste et le poète !
De ceux qui se sont fait ou reçurent un nom
Pas un ne manquera ; pas un ne dira : Non !
— Et tu les prendras tous, d'un grand geste à la ronde ;
Et dans le creuset rouge où la Victoire gronde,
France ! tu jetteras cette chair à canon !...

— Qu'importe ! — Il faut un Dieu pour racheter un Monde ! *

* Cette pièce a été lue à l'Académie française par M. François Coppée, dans la séance publique annuelle du 21 novembre 1895.

LE GUÉ DE LA BICHE

LE GUÉ DE LA BICHE

Au Vicomte H. de Bornier.

La savez-vous? — si c'est un conte,
Il est au moins des plus jolis, —
Cette légende qui remonte
Aux temps, hélas! bien abolis,
Où, comme un Roi qui nous élève,
Quand il lui plaît, au premier rang,
Le Sabaoth pour porte-glaive
Avait élu le peuple Franc?

Voici. — Les Sarrazins d'Espagne
Fauchant la Gaule comme un pré;
Gog et Magog par la campagne
Courant sous le ciel empourpré;
Et, derrière eux, une traînée
Fumante de restes hideux:
Tel fut le début de l'année
De grâce sept cent trente-deux.

Ces païens pillent basiliques,
Chapelles, cloîtres et couvents,
Profanant les saintes reliques
Dont ils jettent la cendre aux vents :
Et s'ils ne rentrent dans leur bauge,
On les verra, quelque matin,
A leurs cavales faire une auge
De la châsse de Saint Martin.

Entre eux et Tours, — eux et la France ! —
Se mettre en travers, y courir ;
Une fois là, tenter la chance,
Et, comme on dit, vaincre ou périr,
Fut le parti, simple et suprême,
Que prit, en ce péril mortel,
Le Duc Charles, celui-là même
Qui fut plus tard Charles Martel.

Marchant, marchant à perdre haleine,
Coupant au court par les sentiers,
Les Francs débouchèrent en plaine
Non loin des roches de Poitiers ;

L'armée allait, au combat prête,
Sous le soleil à son déclin,
Quand l'avant-garde, Duc en tête.
S'arrêta, net, au bord du Clain.

De ponts, pas un. Le rude Prince
En eût ri, presque, pour un peu;
Franchir à gué ruisseau si mince,
En vérité, semblait un jeu.
Mais de sonder en pure perte
On fut bien vite fatigué:
De l'une à l'autre berge verte
Cent pieds, au plus, — et pas un gué!

Chercher des guides? Un pur leurre!
Le moindre pâtre, en peur des coups,
Ayant été, depuis belle heure,
Gîter sous bois avec les loups!
Le jour venait de disparaître
Dans un cratère de carmin;
Demain l'on trouverait peut-être;
Mais il serait trop tard, — demain!

Demain, à grand'erre, sans doute,
Les mécréants, dès le matin,
Vers la Loire seraient en route :
Adieu l'honneur et le butin !
Ce soir, ils étaient là. Dans l'ombre,
Au loin, ce long scintillement,
C'étaient leurs feux, égaux en nombre
Aux étoiles du firmament !

Charles rôdait, seul, le front moite,
Au long du bord, sans se lasser,
Cherchant quand même, à gauche, à droite,
Amont, aval, par où passer.
— Oh ! sur ces gens, comme une serre,
N'avoir plus qu'à fermer la main,
Et par une telle misère
Être barré dans son chemin !

Tout se taisait. Le croissant pâle
Tremblait dans le courant moiré ;
Sur ses genoux, avec un râle,
Charles fléchit, désespéré ;

Et, devant l'invincible obstacle
Sentant chanceler sa raison,
Sans trop compter sur un miracle
Il essaya d'une oraison.

Et, l' « *Amen* » dit, au clair de lune
Il vit deux formes s'approcher,
Silencieuses, et dont l'une
Passa tout près, à le toucher;
Et c'était une belle Biche,
Blanche d'une blancheur de lait,
Avec son faon; par une friche
Le joli couple dévalait.

Il les vit traverser l'eau noire
D'un pas tranquille et négligent,
S'arrêtant quelquefois pour boire
Dans les reflets glacés d'argent;
Et puis, de là, gagner la plaine,
Sans que, même dans les remous,
Le petit faon se fût, à peine,
Mouillé plus haut que les genoux...

— Avant l'aube, les Francs allèrent,
Par le chemin enfin trouvé,
Droit aux païens, et les pilèrent
Comme des grains de sénevé ;
Et du sang de ce gros carnage
Le Clain fut si fort élargi
Que l'on n'eût pu, hors à la nage,
Passer, le soir, au gué rougi.

Quant à la Biche au blanc pelage
Que pas à pas un faon suivait,
Rien ne nous dit, et c'est dommage,
De quel pays elle arrivait ;
Mais en Brabant il est notoire
Qu'ils sont, plus tard, tous deux venus,
Où Geneviève, — on sait l'histoire, —
Et Saint Hubert les ont connus.

PRIÈRE

« Dieu bon, qui protégez la France
« Sur la tranche de nos écus ;

« Dieu vainqueur, par qui l'Espérance
« Bat encore au cœur des vaincus ;
« Au jour sacré de la Revanche
« Que vous tenez en votre main,
« Devant nous, par le bon chemin,
« Faites passer la Biche blanche ! »

Le Figaro, supplément littéraire, 26 mai 1894.

MÈCHE

MÈCHE

Je le tiens d'un bon Père, et certaine est la chose,
Ce Père étant un saint doublé d'un grand savant :

— « Sauf à se bien garer de la Métempsychose
« Proscrite par la Foi, ni plus ni moins qu'avant,
« Est-il correct, est-il à tout le moins licite,
« En l'absence d'un texte ou décret explicite,
« De penser, et très haut, et d'écrire au besoin,
« Que l'homme n'est pas seul, et qu'il s'en faut de loin,
« A porter en son for la divine étincelle? »

— J'écarte du procès la Vie universelle :
Peut-être avec stupeur apprendrons-nous demain
Ce que souffre un caillou broyé sur le chemin !
Quand du cèdre à l'hysope elle est là, qui ruisselle,

Je ne veux même pas savoir, pour le moment,
Si dans toute forêt germent par myriades
Les Faunes, les Sylvains et les Hamadryades;
Non. Je m'occupe ici des bêtes, seulement.

Eh bien! sans évoquer, ce serait trop facile,
L'âne de Balaam et les chevaux d'Achille,
Je crois, dur comme fer, et tant pis si j'ai tort,
Que la bête possède une âme initiale,
Obscure, si l'on veut, d'étoffe spéciale,
Qui naît avec sa vie et survit à sa mort.
Mais ce n'est, paraît-il, nullement téméraire :
L'Église, qui s'en tait, ne dit pas le contraire,
Et sa doctrine étant d'enseignement étroit,
Le bon Père prétend que je suis dans mon droit.

D'après lui, — j'ai regret si je vous scandalise, —
Je peux, sans y risquer ma part de Paradis
Ni sortir pour cela du giron de l'Église,
Croire ce que je crois, dire ce que je dis.
J'ai pour moi, s'il vous plaît, le doux rêveur d'Assise,
Cet exquis Saint François, qui prêchait près des eaux
Pour les petits poissons, haranguait les oiseaux,
Et sermonnait un loup qu'il appelait : « mon frère ! »
D'ailleurs, sans faire état d'une aussi grande voix,

Je sais ce que je sens, je vois ce que je vois.
Quand *Mèche*, ma griffonne, — un amour ! — dont le père
Est *Tamerlan-Fitz-Turc*, et *Mirette*, la mère,
S'arrête brusquement au milieu de ses jeux,
Prend sa pose de Sphinx, et que par ses prunelles
Noires passe un reflet de choses éternelles,
C'est mieux que de l'instinct qui luit dans ses beaux yeux !
Je le crois, oui, Monsieur ; fermement, oui, Madame !
Le bon Père, prudent, pour plus de sûreté,
Ne se prononce pas. — Moi, je suis enchanté
Que ma petite chienne ait une petite âme.

Nouvelle Revue, 1er avril 1895.

SONNETS

DRAPEAUX ET DRAPEAUX

A Madame la Maréchale de Mac-Mahon.
Duchesse de Magenta.

Monsieur le Maréchal,
Dans le décor des fêtes
Que suspendait un cri de la Patrie en deuil,
Paris, respectueux, a vu votre cercueil
Passer, et devant lui se découvrir les têtes.

Arc-en-ciel de la Paix, partout, du sol aux faîtes,
D'innombrables drapeaux qui fourmillaient à l'œil
Assuraient l'avenir, — au dire des prophètes, —
Et libres, dans le vent claquaient avec orgueil.

— Quand vous êtes entré sous la coupole haute,
D'autres drapeaux encore ont salué leur hôte,
Ternis, troués, hachés, de la poussière aux plis :

C'étaient des bons, ceux-là ! des vrais, des fleurs de guerre !
Ceux que la vieille Armée, aux fêtes de naguère,
Monsieur le Maréchal, et vous-même aviez pris !

Le Figaro, 27 janvier 1895.

L'ENTAME

A M. Roger de Beauvoir.

Voilà plus de vingt ans qu'on vit, vaille que vaille,
Sans que de la querelle on se soit éclairci ;
Il me paraît, pourtant, que nous sommes de taille,
Et cela ne peut pas durer toujours ainsi.

Or, le beau jour venant, — beau, mais terrible aussi, —
De jouer le va-tout et de rompre la paille,
Soldat élu, qui dois de l'énorme bataille
Faire le premier geste, écoute bien ceci :

— Cavalier, pousse en tierce, à fond, ton joli sabre ;
Tireur, vise avec soin ; sur ton engin macabre
Allonge-toi, pointeur, et vois-LES bien venir ;

Et, le bon Dieu t'ayant, toi quelconque et sans grade,
Marqué pour commencer, mon brave camarade,
Commence bellement : — A nous de bien finir.

Annuaire illustré de l'Armée française, 1894.

PICPUS

A Monsieur Victorien Sardou.

Au fond d'un long jardin, quelconque d'apparence,
Entrez dans cet enclos inculte et rétréci :
Trente pas sur quarante. Avec exubérance
L'herbe y pousse parmi des cyprès. — C'est ici.

Vous avez sous vos pieds la fine fleur de France :
Noailles, Beauvilliers, Rohan, Montmorency,
Les derniers tombereaux de Thermidor; aussi,
Parlez-y peu, de grâce, et bas, de préférence.

Et ne rêvez pas trop ! Sinon, dans un moment,
Votre œil, fouillant le sol, les verrait vaguement,
Seigneurs, dames, prélats, grands vieillards, beautés frêles.

Toutes et tous, honneur ou parure des Cours,
Dormir en des cercueils effroyablement courts,
Leurs crânes blancs posés sur leurs tibias grêles !...

TABLETTE CHALDÉENNE[1]

PRIÈRE D'UN PRÊTRE AU SOLEIL

(INSCRIPTION CUNÉIFORME D'UNE BRIQUE DE KHORSABAD, VIIIe SIÈCLE AVANT J.-C.)

Samas, divin Samas, fils de Bel et de Nou,
Dans la splendeur de qui tout pâlit et s'efface,
Qui n'as qu'à t'en aller pour que la nuit se fasse,
Je t'invoque, Soleil, en pliant le genou !

Car le Roi m'a payé pour prier à sa place ;
Même, selon le rite antique de Kalou,
J'ai gravé dans l'argile, à l'aide d'un long clou,
Ces mots que tu liras quand ma voix sera lasse :

— Garde les jours du Roi ! Guide les pas du Roi !
Qu'il rayonne l'amour ; qu'il fulmine l'effroi !
Que le désert fleurisse en le voyant paraître !

Q'il soit l'Heureux, le Juste et le Dominateur !
— Et, lorsque tes bontés auront comblé mon Maître,
S'il te reste un moment, songe à son serviteur.

1. *Voir la note à la fin du volume.*

LA TABLETTE D'OR DU ROI SARGON[2]

(FONDATION DE KHORSABAD. — DUR-SARKIN, VIIIe SIÈCLE AVANT J.-C.)

Moi, Sargon, devant qui les rois sont tourbe vile,
Moi lieutenant d'Assur, dieu de l'Immensité,
J'ai voulu près du Tigre avoir cette cité :
« Dur-Sarkin » est le nom que j'impose à ma Ville.

Par la main des captifs courbant leur dos servile
J'ai bâti tout d'abord le temple d'Astarté
Et des tours, d'où je brave avec sérénité
La conquête étrangère et la guerre civile.

Sur l'airain, sur l'argent, sur cette stèle d'or,
Qui sera conservée en mon royal trésor,
J'ai fait graver ceci pour instruire les âges :

Moi vivant, celui-là du châtiment est sûr,
Dont l'audace oserait toucher à mes ouvrages ;
Et, moi mort, je le voue aux colères d'Assur !

2. *Voir la note à la fin du volume.*

A DU BELLAY

Pour l'inauguration de la statue de Du Bellay
à Ancenis, 1894.

Autour de ton image, en ton Anjou natal,
La troupe des rimeurs, Du Bellay, s'évertue ;
Dans ce concert trop haut ma voix se serait tue,
Mais un penser me vient devant ton piédestal :

Non ! ce bronze n'est plus l'alliage brutal
Que brassent les fondeurs pour le canon qui tue ;
Un artiste subtil a coulé ta statue,
Et mis un grain d'idylle au cœur de son métal.

Dans l'effrayant creuset il a jeté, doux Maître,
Une clarine, au moins ; de celles-là peut-être
Qui, les soirs de jadis, sous un ciel empourpré,

A l'heure où vers le bourg aux toits d'ardoise fine
S'en reviennent encor les troupeaux du Liré,
Tintaient à l'unisson de ton âme Angevine.

LA RÈGLE INUTILE

Pour G. de G.

Le Diable a trop d'esprit; fatale est sa victoire.

— Pour s'être un peu distraite à regarder sa main
Pâle, allongée aux plats du Rituel romain,
L'Abbesse de Vert-Mont connut le Purgatoire.

Délivrée, elle alla, narre un vieux parchemin,
Dire, en songe, à ses sœurs son effrayante histoire;
D'où, pour descendre au chœur vint l'usage inhumain
D'un gant en gros tricot de laine, obligatoire.

— Est-il rien de pimpant comme l'ongle opalin
D'un petit doigt en l'air, qui vire? — Le Malin
Fit tourner à ses fins la précaution même:

A tricoter ce gant, sans souci de pécher,
La nonne aux doigts jolis eut un plaisir extrême;
— Celle à la main sans grâce en prit à l'y cacher.

PALLIDA LUNA

A Monsieur J.-M. de Heredia.

Jadis le blond Phœbus aimait Phœbé la blonde;
Et, dans les primes jours de leur antique hymen,
Ensemble on les voyait tourner autour du monde,
Et suivre, au ciel, un même et radieux chemin.

Et puis, — le blond Phœbus quitta Phœbé la blonde!
Las de marcher près d'elle et la main dans la main,
Il voulut être seul, et jeter à la ronde
Les flammes qui couvaient en son cœur inhumain.

— Et c'est pourquoi Phœbé, dès que le soir décline,
Se lève lentement derrière la colline,
Pâle, de la pâleur des mortes et des lys;

Et, distillant ses pleurs dans l'herbe, perle à perle,
Regarde, sous le flot empourpré qui déferle,
L'infidèle tomber dans les bras de Téthys!

Le Figaro, septembre 1894.

IRIS NOIRS

Pour Yvette Guilbert.

Il est d'autres iris plus beaux
Que ceux aux teintes d'améthyste;
Le Poète, comme l'Artiste,
Voit en eux des fleurs de tombeaux.

De velours fin, pris aux corbeaux,
Un maître-peintre coloriste
Moucheta le fond gris et triste
De leurs pétales en lambeaux.

Au bord des lacs, lys de la grève,
L'iris noir dresse, fleurs de rêve,
Ses gerbes aux discrets parfums!

Fleurs de deuil, et pourtant charmantes,
Dignes des grands amants défunts
Et des ombres de leurs amantes...

LA CAGE OUVERTE

POUR LE PORTRAIT DE LÉON XIII

PAR TH. CHARTRAN

(SALON DE 1893)

ECCE PATER! Voici, léguée à l'avenir,
La pâle majesté du successeur de Pierre :
Un front aux larges pans inondés de lumière ;
Des yeux profonds, que rien d'humain ne peut ternir ;
Des lèvres au sourire usé par la prière,
Et des doigts amaigris — à force de bénir !

HOROSCOPE

Deux enfants grandissaient dans le même village.
Les gens de Nas-Zireth auguraient mal, tout bas,
Du petit Aïssa, trop songeur avant l'âge :
— Et l'on aimait bien mieux le petit Bar-Abbas.

ANONYMES

Le Père, ayant créé le monde, eut un sourire;
Il signa : « Trois milliards d'étoiles » son ciel bleu;
Puis il passa la plume au Fils : plus bas un peu
Le Fils mit une croix, — ne sachant pas écrire.

DIES IRÆ

Qu'aura-t-il à brûler, ce feu qui doit descendre
Avec le juste Juge et du siècle et des morts,
Puisque à tant dévorer de rêves et de corps,
Cette Terre, déjà, n'est plus qu'un tas de cendre?

IN ALTIS

Les hauts lieux sont, malgré la biblique doctrine,
Des temples naturels par la prière élus ;
Au pas lent d'un bélier quelque pure clarine
Y sonne chaque soir de vagues « Angelus ».

LA SIERRA

Ainsi qu'une mâchoire énorme, seul vestige
D'un fossile géant, ces monts sont dentelés ;
Et, formidables crocs, les grands pics isolés
Sont blancs de la pâleur de leur propre vertige.

CLAIR MATIN

(IMITÉ DE H. HEINE)

Le ciel est de turquoise, et la mer, d'émeraude.
L'air est doux; sur les eaux glisse à peine un frisson;
La mouette aux pieds noirs revient de la maraude
Un brin d'argent au bec: — Oh! le joli poisson!

MARE ULTOR

(IMITÉ DE H. HEINE)

Je n'ai rien dit au monde. — Et chaque jour efface
Le rouge de ta honte, ingrate que j'aimais !
J'ai tout dit à la Mer. — Ne la brave jamais :
Elle te cracherait son écume à la face !

BRUIT

(IMITÉ DE H. HEINE)

Mets ta petite main sur mon cœur. Entends-tu
Ce vilain charpentier qui termine une bière?
Son marteau m'a gêné pendant ma vie entière :
Comme je vais dormir quand il se sera tu !

L'INÉVITABLE

Celle que je veux dire est la clarté du jour;
Sa voix a des douceurs aux musiques pareilles;
Vainement j'ai fermé les yeux et les oreilles:
Près d'elle, en respirant, j'ai respiré l'Amour*.

* Chants populaires de la Finlande.

MADRIGAL

On dit que vous aimez les perles; à mon tour
Je vous en offre deux très pures et pareilles:
Vous n'avez qu'à garder, Madame, à vos oreilles
Ces pleurs que j'ai versés en vous parlant d'amour.

SYMBOLISME

Je tiens le procédé d'un esthète en délire :
— « Décapitez un corps de belle femme au ras
« Des épaules ; coupez les cuisses et les bras ;
« Vous obtenez ainsi le galbe d'une lyre... »

GARGOULETTE

Notre âme est ce flacon d'argile. Une liqueur
Débordante l'emplit, et perle à chaque pore;
Des souffles desséchants passent : tout s'évapore;
— Et l'on se sent du vide et du froid dans le cœur.

CRAS MIHI

Mon père, le premier, dans la tombe entr'ouverte
Est descendu ; ma mère a suivi, c'est la loi ;
Et maintenant j'attends, poitrine découverte :
Je n'aurai plus personne entre la Mort et moi.

ENVOI D'UN LIVRE

Pour Judith V.

Si j'avais su qu'aux belles proses
Vous préfériez les méchants vers,
J'aurais glissé parmi ces choses,
Exquise amie aux lèvres roses,
Un conte bleu pour vos yeux verts!

QUELQUES BIENHEUREUX

(APRÈS UNE LECTURE)

A Monsieur Anatole France.

SAINT PAUL

ERMITE

Un corbeau nourrissait Paulus l'Anachorète
De pains pris Dieu sait où ! — soit dit sans l'en honnir ;
— Un pain de plus était sa manière discrète
D'annoncer au vieillard qu'un hôte allait venir.

Les Moines d'Occident, t. I, p. 66, et t. II, p. 433.

SAINT GWENNOLÉ

ABBÉ DE LANDEVENNEC

Gwennolé fut si saint, — dit un très vieux adage, —
Que des frères cloîtrés NE POUVAIENT PAS MOURIR;
Et qu'il dut, pour chacun, en haut lieu requérir
Le droit au Paradis, par bénéfice d'âge.

Les Moines d'Occident, t. II, pp. 322-323.

SAINT PATERNE

ÉVÊQUE DE VANNES

Paterne se chaussait, quand, par un familier,
Auprès de son primat il fut mandé sur l'heure :
Un pied nu, tout clochant, il quitta sa demeure,
Alla, revint ; — et puis mit son autre soulier.

Les Moines d'Occident, t. II, pp. 324-325.

SAINT MALO

ÉVÊQUE D'ALETH

Malo bêchait sa vigne. — Une oiselle des bois
Vint pondre dans sa bure aux branches accrochée :
Et le Saint, louant Dieu, resta nu deux longs mois,
Plutôt que de troubler la fragile nichée.

Les Moines d'Occident, t. II, p. 435.

SAINT KÉNAN (OU KÉ, OU KOLODOC

ABBÉ DE L'LENCARVAN

Kénan sauva des chiens un dix-cors aux abois ;
Et le Veneur s'en prit aux bœufs du monastère.
— Mais, dès le lendemain, pour labourer la terre
Le grand cerf et sa biche avaient quitté les bois.

Les Moines d'Occident, t. II, pp. 442-443.

SAINT COLUMBA (OU KOLOMB-KILL)

ABBÉ D'IONA

Kolomb-Kill, en Écosse honoré comme apôtre,
Eut à mettre, une fois, deux mariniers d'accord;
Il leur fallait du vent, deux bons vents : Sud et Nord!
— Le Saint exauça l'un, — et puis exauça l'autre.

Les Moines d'Occident, t. III, p. 243.

SAINT CUTHBERT

ÉVÊQUE DE LINDISFARNE

Cuthbert se macérait aux glaces des rivières,
Puis se couchait au bord, transi, n'en pouvant plus
Et les loutres, sans bruit, sortaient de leurs tanières
Pour réchauffer son corps et ses membres perclus.

Les Moines d'Occident, t. IV, p. 413.

SAINT ALDHELM

ÉVÊQUE EN CORNOUAILLES

Pour arracher quand même aux griffes du démon
Les bonnes gens d'Armor, Aldhelm usait de ruse :
Aux portes de l'église, avec sa cornemuse,
Il les faisait danser en chantant un sermon.

Les Moines d'Occident, t. V, pp. 33-34.

LE BIENHEUREUX GARNIER DE MONTMORILLON

ABBÉ DE CHAISE-DIEU

Ruiné, mais voyant un pauvre homme en détresse
Qui grelottait de froid sous un méchant haillon,
Garnier, comte de Melle et de Montmorillon,
Donna ce qu'il avait : — un gant de sa maîtresse.

Les Moines d'Occident, t. VI, pp. 91-92.

FIDES

Vivent ces vieux récits et leur naïveté!
Croyons! et le Bon Dieu se chargera du reste:
Hosanna, dans l'azur! Gloire au Père céleste;
Paix en ce monde aux cœurs de bonne volonté!

IN MEMORIAM

IN MEMORIAM

Je sais bien qu'à vouloir, une dernière fois,
Évoquer mon amie, ombre déjà lointaine,
Je ressemble à l'enfant qui puise à la fontaine
Une eau, vite écoulée au crible de ses doigts.

Je fais comme un dément, qui tâche à mettre en cage
Un rayon prisonnier de Lune ou de Soleil;
Comme un fumeur de chanvre, essayant, au réveil,
D'écrire sur son mal un commentaire sage.

Je sais que d'un bonheur à toujours envolé
Le récit, malgré moi, sera trop peu fidèle;
Et, pourtant, je me dis que si je parlais d'Elle,
Même à des inconnus, je serais consolé.

Je vous en parlerai; simplement; pour ce charme
Qui reste, de rêver à ceux qu'on aimait bien;
— Tournez vite la page et n'ayez l'air de rien
Si vous apercevez la trace d'une larme.

*
* *

Vous n'avez jamais cru, j'espère, un seul moment,
Que je vous conterais un banal adultère?
De pareils passe-temps ne vont qu'à l'homme austère,
Et je ne suis rien moins, indiscutablement.

Non. — Mon Amie était, — tant pis pour qui sourcille,
Je serais moins gêné que de m'en être tu, —
Ce que, dans le beau monde où fleurit la vertu
Haute, moyenne, ou moindre, on appelle : « une fille ».

Ce mot-là sonne mal à l'oreille des gens.
Cependant, essayez, par formule polie,
De le faire passer après « belle » ou « jolie »,
Et tous le trouveront des moins désobligeants.

En l'espèce il nous faut quitter la rhétorique;
Et c'est le mot, au sens le plus désespérant,
Le mot sans épithète et sans édulcorant,
Le mot sec, le mot nu, qui, par malheur, s'applique.

Mais, cela bien posé, j'ai le droit d'ajouter,
— La grâce ayant été se nicher à sa guise, —
Qu'elle était tout de même absolument exquise,
Comme il en est, mais peu, que vous pourriez citer.

Et puis, n'a-t-on pas fait la remarque profonde
Que celles dont on parle avec ce beau mépris,
De fait, tant mal que bien, mènent le grand Paris,
Et par lui, n'est-ce pas, mènent un peu le Monde?

Vous êtes-vous jamais demandé seulement,
Vous qui savez, au mieux; combien de patience
Il faut joindre à combien d'adresse et de science
Pour tirer de la gangue un royal diamant,

S'il en faut beaucoup moins pour que, femmes complètes,
Ces enfants du hasard en viennent, sans fracas,
A se faire une cour de tous les délicats,
Grands hommes, grands seigneurs, artistes et poètes?

J'ai l'air, sans nul souci de vous mettre en émoi,
De prendre leur défense, et, certe, on m'en soupçonne :
Erreur ! Je ne me fais l'avocat de personne ;
Je plaide, — si l'on veut, — mais je plaide pour moi.

Je plaide, — nous avons si mal pris la Bastille
Qu'il faut recommencer l'affaire chaque jour, —
La grande égalité des cœurs devant l'Amour,
L'humaine liberté d'aimer, — fût-ce une fille.

Gardez, par charité, de vous en faire un jeu,
Si je ne dis pas bien ce qu'il faudrait vous dire ;
Et si ma voix s'étrangle, évitez de sourire,
Quitte à me juger simple, et ridicule un peu.

Je l'aimais tant ! — Son nom ? Dans la galanterie
Il n'en est que de guerre, ou plutôt, que d'amour.
Aussi, contentez-vous de celui-ci, qu'un jour
J'avais, pour nous tout seuls, trouvé : « Chère Chérie ! »

Sa famille ? Un ménage âpre de pauvres gens
Gagnant, à la rigueur, ce qu'il fallait pour vivre ;
Mais le père buvait, et rentrait souvent ivre.
De sorte qu'ils étaient à peu près indigents.

Son pays? Cette grève où la mer de Provence
En la monture d'or des sables miroitants
Sertit un chapelet de tranquilles étangs
Purs comme des saphirs dont ils ont la nuance.

Sur cette terre ardente aux effluves de feu,
Elle avait eu d'abord, tout juste, la culture
Des petits sauvageons venus à l'aventure
Qui poussent, à la diable, au soleil du bon Dieu;

De ces petits errants, qui dans les vignes mûres
Font un peu moins de mal que les grives; s'en vont
A l'école sous bois ou dans les foins, et n'ont
De taches d'encre aux doigts qu'en la saison des mures.

Un gentilhomme, un vrai, vit cette Cendrillon;
Il se piqua d'honneur, et dans la paysanne
Fit magistralement fleurir la courtisane,
Ainsi que d'une larve éclôt un papillon.

Son portrait? Écoutez. Ni grande ni petite;
Juste ce qu'il fallait pour qu'en la renversant
Un peu, j'eusse à hauteur de mon cœur bondissant
Deux lèvres, où tombaient les miennes tout de suite.

Créature d'amour, près de qui mes ennuis
Fondaient comme la brume aux champs devant l'aurore,
Rien qu'à voir s'enlever sur ses hanches d'amphore
Un corps pétri de jour pour la gloire des nuits !

Je vous l'ai dit : un don miraculeux, la grâce,
La parait toute entière ; et je n'essaierai point,
Amant malavisé, de peindre, point par point,
Son col, un peu renflé, de tourterelle grasse ;

Son front, plutôt petit, chargé de bandeaux lourds ;
Son profil, presque grec, aux mobiles narines,
Ni ses chers yeux jolis, couleur d'aventurines,
Qui n'étaient pas bien grands, mais doux comme velours !

Ni sa bouche surtout, sa belle bouche rose,
Pareille à quelque fruit humide et savoureux,
Attirante toujours : soit qu'un souris heureux
L'effleurât, calme encore, et tout au plus déclose ;

Soit que, faisant froncer les sourcils aux pédants,
Plus railleur et plus frais que la chanson des merles,
Un fou rire égrenât quatre octaves de perles
Au clavier triomphal de ses trente-deux dents !

Et c'était un régal d'une saveur extrême,
Lorsque, sous l'élégance et les dehors connus,
La gamine, cheveux en broussaille et pieds nus,
Reparaissait avec ses gaîtés de bohème!

Ces jours-là, du « pays » je la faisais jaser;
Et j'admirais, — pardon pour des détails si mièvres, —
Que ce mot : « *oun poutou* », qui fait tendre les lèvres,
En son gentil patois voulût dire : un baiser.

Enfant du vrai Midi, de cette fine race
Où les cœurs sont restés rouges de sang latin,
Elle avait dans la voix comme un rythme lointain,
Sans que du moindre accent s'y révélât la trace;

A peine on y sentait, par moments, voltiger
Quelques arpèges purs de musique discrète :
Comme l'aile ployée, à s'ouvrir toute prête,
Sur le rameau berceur fait l'oiseau plus léger.

Ce qui témoignait mieux de son passé champêtre
C'était, qu'en un milieu sceptique et dépravé,
Des beaux jours d'innocence elle avait conservé
Le culte inattendu des « nobles » et du prêtre;

Tellement que sa mère, — et c'était son orgueil, —
Devait à ce respect pour les choses pieuses
D'avoir très bien fini, chez des religieuses
De qui la maison blanche est tout au bout d'Arcueil.

Elle-même s'était de ce village éprise;
Et dans le cimetière, au déclin du coteau,
Elle avait, — comme ailleurs d'autres ont leur château, —
Fait emplette d'un coin sous une pierre grise.

— « Je serai très bien là, toute seule, plus tard, » —
Disait-elle; — « c'est mieux que le Père-Lachaise;
« Paris est à deux pas : vous pourrez à votre aise
« Y venir en voisin, quelquefois, par hasard. » —

Et si je souriais devant cette merveille
De vie étincelante et qui parlait ainsi,
Bien vite elle ajoutait, en souriant aussi :
— « Dans longtemps, très longtemps, quand je serai très vieille! » -

Hélas! — Un autre don, chez elle encore inné,
C'était le sentiment parfait de la mesure;
En fait de jugement pas de femme plus sûre,
Ni qui montrât, d'instinct, un goût plus raffiné.

Lorsque je la sentais derrière mon épaule,
O la force joyeuse et jeune que j'avais !
Maintenant, je suis là, ne sachant où je vais,
A la merci de tout, sans ressort et sans pôle.

Aujourd'hui, voyez-vous, c'est de moi grand'pitié !
Et l'on aurait bien tort de me chercher querelle
D'ainsi pleurer sur moi tout en pleurant sur elle,
Car du peu que je vaux je lui dois la moitié.

Aussi profondément qu'un tatouage habile
Grave sur un bras nu quelque emblème vainqueur,
Sous ma peau, dans ma chair, mes moëlles et mon cœur,
Mon Amie a laissé sa marque indélébile.

Disons tout. — Quand loin d'elle et de Paris quitté
Je partis, mercenaire, avec des mercenaires,
Pour des pays douteux et presque imaginaires,
Sous le harnais repris d'un métier regretté :

Comme sur nos faisceaux une lueur d'aurore,
Son souvenir me fut le rayon d'Idéal ;
Et dans ce que j'ai fait, en somme, de moins mal
A l'autre bout du monde, elle eut sa part encore.

Il se peut que plus d'un crie à l'énormité,
Que je fasse hausser des épaules moroses ;
Cela m'est bien égal! Devant certaines choses
Plus de respect se doit à plus d'indignité!

Oui, comme ils avaient vu son portrait sous ma tente
Et qu'ils m'aimaient un peu, mes braves Étrangers,
Ils allaient au péril, l'âme et le pied légers,
Pour que je fusse fier et qu'elle fût contente;

Oui, — c'est bête, mais vrai! — dans les humbles combats
Que cette guerre à part nous rendait ordinaires,
« A sa santé », pour moi, de vieux Légionnaires
Ont laissé leurs grands os qui blanchissent là-bas!

Passons.

*
* *

— Ou plutôt, non. Restons-en là. Sévère
Fut la main qui, d'en haut, s'appesantit sur nous,
Et lourde : il faut plier, quand même, les genoux!
— Personne ne saura ce que fut ce Calvaire!

A quoi bon raconter les longs déchirements
De deux cœurs qui menaient leurs propres funérailles;
L'affreux mal qui rongeait cette femme aux entrailles,
La surprenante paix des suprêmes moments?

Non. Sachez seulement, — si cela vous importe, —
Que se sont en allés ma joie et mon orgueil;
Deux saintes ont couché mon Amie au cercueil:
Elle dort maintenant, la pauvre chère morte,

Toute seule, à jamais, dans le vallon d'Arcueil...

Revue de Paris, 15 juin 1894.
Sous la signature ***.

ARCUEIL

ARCUEIL

Des fois, quand il fait beau, je vais au cimetière.
Ainsi qu'Elle y comptait et que je l'ai promis ;
J'y reste, longuement, à regarder la pierre
Où les amours d'antan reposent endormis.

Moyennant deux écus par an, réglés d'avance,
— Les gardiens, homme et femme, étant de braves gens
Et quelqu'un, paraît-il, payant la redevance, —
Cette tombe reçoit les soins les plus urgents.

Ce « quelqu'un », seulement, qui fait si bien les choses
A le culte flagrant des perles et du jais ;
Au lieu, dans la saison, d'apporter là des roses,
Tout de suite il y mit de durables objets.

A la longue, il est vrai, par la rouille abîmées,
Ces laideurs, fil à fil, s'en vont avec le temps ;
Lorsque de pauvretés qu'Elle n'eût point aimées
Rien ne restera plus, nous serons bien contents.

Chaque fois, en partant, aux barreaux de la grille
J'ai posé mon front nu sur le fer ; et ma main
A fleuri le doux nom de l'adorable fille
D'une gerbe achetée ou cueillie en chemin.

Et, chaque fois aussi, je réprimais l'envie
De le crier, ce nom que j'épelais tout bas,
De réveiller la morte aux appels de la Vie :
Mais on eût pu m'entendre ; alors, je n'osais pas.

Il y fallait la nuit, une nuit solitaire
Où le cœur me battrait d'un plus poignant émoi :
Et qui, mieux que le jour, laisserait, d'outre-terre,
La réponse espérée arriver jusqu'à moi.

Les portes, par malheur, crainte d'embarras pire,
Se ferment, dès la brune, aux venants du dehors :
A moins d'être un voleur ou, — qui sait? — un vampire,
On n'entre pas, la nuit, dans les jardins des morts.

*
* *

Donc, au dernier avril, en faisant à ma tête,
J'avais, pour mon voyage, attendu jusqu'au soir;
Dans un chaume, à mi-côte environ de la crête
Qui domine l'enclos, j'étais venu m'asseoir.

Le vallon s'ouvre au nord, de Montrouge à Bicêtre.
Mais un brouillard épais y monte, sur le tard;
Ce fond où, par endroits, luisait une fenêtre,
C'était Arcueil; la Bièvre y coulait — quelque part.

Déjà le crépuscule était devenu l'ombre.
Des gouttelettes d'or perlaient au firmament;
Et, presque transparents, des nuages sans nombre
Profilaient sur le bleu leurs formes d'un moment.

Le plus beau, tramé d'air, étiré sans marbrure,
Mais qu'un rebroussement avait effiloché,
Vous eût fait, malgré vous, songer à la fourrure
D'un grand angora blanc dans les astres lâché.

Et des plumes volaient, molles, de tourterelle!
Et le tout vers la lune au zénith voyageait;
Et ce qu'il en semblait devoir passer sur elle,
A mesure et de loin, la lune le mangeait.

Le reste prenait peur et s'écartait, livide;
Et, sans que son front pur y fût jamais voilé,
Phœbé trônait là-haut, pâle reine du vide,
En un cercle idéal d'éther immaculé;

Et d'énormes pans d'ombre, à sa lueur sereine,
Derrière toute chose au loin se prolongeant,
Endeuillaient la Nature, et cousaient une traîne
De velours d'un noir d'encre à sa robe d'argent.

A mes pieds, recoupé par d'étroites allées,
J'avais le champ des morts, très visible et désert:
Des cyprès y dressaient leurs cimes fuselées;
La tombe apparaissait, sous un arbuste vert.

Au-dessus, au delà, d'abord vêtu de lierre,
L'aqueduc se levait au penchant du coteau,
Et puis il s'avançait, tout blanc, dans la lumière,
Nu, pareil au coureur qui jette son manteau.

Sur ses piliers géants à superbe envolée
Il allait devant lui, d'un pas égal et sûr,
Enjambant le ruisseau, le bourg et la vallée :
Bâti sur de la brume, il encombrait l'azur !

Et je m'émerveillais que, longtemps à l'avance,
La morte eût, en passant, d'un seul et doux regard,
Choisi pour y dormir, fille de la Provence,
Ce décor si romain, frère du Pont du Gard !

Plus à gauche, plaquant sur la clarté cendrée
Son immense halo, rose rompu de gris,
Une sorte d'aurore, au ciel réverbérée,
Emplissait l'horizon : c'est là qu'était Paris.

Qu'il était loin Paris, et son bruit, et sa fièvre !
Ici, le ver luisant éclairait les sillons ;
Et des coassements répondaient, de la Bièvre,
Au trille continu limé par les grillons.

Cela n'empêchait pas la paix d'être profonde,
Car l'homme n'y mêlait, tout au plus, que le bruit
Exténué, mourant de seconde en seconde,
D'un train, là-bas, là-bas, qui filait dans la nuit...

*
* *

— Et moi qui, curieux comme notre mère Eve,
Avais voulu SAVOIR, je me laissais bercer
De rêves, où flottait sur des notes de rêve
Un nom que j'hésitais encore à prononcer.

Décidé fermement à faire une folie,
J'avais l'air d'oublier pour quoi j'étais venu;
Et je me complaisais dans la mélancolie
De ces moments de halte au bord de l'Inconnu.

N'est-il pas toujours temps de perdre fût-ce un leurre?
A quoi bon se hâter? Et je m'étais donné
Jusqu'à l'instant précis où s'égrènerait l'heure
A l'église d'Arcueil: enfin, elle a sonné.

Alors, debout, trois fois, comme un homme qui lance
Des cailloux dans un gouffre où nul n'est descendu,
Trois fois, tout haut, j'ai dit ce nom dans le silence...
— Celle que j'appelais ne m'a pas répondu.

Et je m'en suis allé, me disant que, sans doute,
J'avais tort, et qu'ainsi les choses étaient mieux ;
Mais, triste horriblement, en regagnant la route,
Je me suis retourné pour les derniers adieux.

La lune, en plein, donnait sur la muraille blanche.
J'ai bien revu la pierre. Au vent devenu frais
Oscillaient lentement les têtes des cyprès :
— Aucun chant ne tombait de la plus haute branche.

Revue de Paris, 1er janvier 1896.

ENCORE!

ENCORE!

Un homme mange et boit. Chaque jour il se lève,
Il va, tout comme un autre, et vient ; il entre, il sort ;
Chaque soir il se couche, et, quelquefois, il rêve :
On croit qu'il est vivant. — Rien du tout. — Il est mort.

*
* *

J'étais mort. J'étais mort depuis qu'Elle était morte.
Tout paraissait fini. J'étais très malheureux.
Mon cœur, quand il chassait le sang rouge à l'aorte,
Faisait son pur métier de muscle impair et creux.

Or, voici que, — mensonge ou vérité, — pareille
Aux sons lointains d'un luth qu'une aile aurait frôlé,
La chère voix d'antan, non plus à mon oreille,
Mais au fond de ce cœur machinal a parlé :

— « Rappelle-toi les soirs où j'appuyais ta tête
« Tout contre ma poitrine et t'y berçais, calmé,
« Quand tombait de nos mains le livre du Poète
« Qui veut qu'on aime encore après avoir aimé !

« Je n'étais, pauvre ami, que la forme mortelle
« Qu'avait prise l'Amour pour être aimé par toi ;
« C'est parce qu'il est beau que tu me trouvais belle ;
« Sois fidèle à l'Amour en souvenir de moi.

« Il le faut. Je le veux. Ne serais-je plus celle
« Qui malgré tout, quand même, avais toujours raison?
« Toi qui n'entendais plus, écoute un chant d'oiselle ;
« Toi qui fermais les yeux, regarde à l'horizon ! »

*
* *

— Et je vais essayer d'aimer, de vivre encore !
L'alouette, là-haut, dit : Voici le réveil ;
Là-bas, la nuit s'éclaire et dit : Voici l'aurore...

— Peut-être ! — Allons, mon cœur, au-devant du Soleil !

NOTES

Page 44, note 1. — Traduction littérale de la version anglaise des *Records of the past :*

PREMIÈRE TABLETTE

1°. Incantation magique.

2°. Soleil, des frontières du ciel tu t'es levé;

3°. Tu as tiré les verrous des cieux étincelants;

4°. Tu as ouvert la porte du ciel;

5°. Soleil, au-dessus des contrées tu as levé la tête.

6°. Soleil, tu as couvert l'immensité des cieux, et toutes les contrées de la Terre.

. . . .

TROISIÈME TABLETTE

1°. Toi qui marches devant. . . . .

2°. Avec Bel et Anù. . . . .

3°. Soutien des multitudes humaines, dirige les!

4°. Le roi, le régulateur du ciel, c'est toi!

5°. Celui qui fait pénétrer la vérité dans les âmes des nations, c'est toi !
6°. Tu connais la vérité, tu connais l'erreur.
7°. Soleil, la justice se lève avec ta tête.
8°. Soleil, tu confonds le mensonge et la calomnie.
9°. Soleil, le serviteur d'Anù et de Bel, c'est toi !
10°. Soleil, le juge suprême du ciel et de la terre, c'est toi !
11°. Soleil. . . . .

. . . .

14°. Soleil, illumine aujourd'hui le roi, fidèle à son Dieu ; fais-le briller !
15°. Que tout ce qui peut le blesser soit écarté.
16°. Comme un vase. . . . . . purifie-le !
17°. Comme une urne pleine de lait, fais-le couler !
18°. Puisse-t-il couler comme le bronze en fusion.
19°. Délivre-le de son infirmité !
20°. Une fois guéri, que ta sublimité le guide !
21°. Et moi, ton prêtre, ton serviteur obéissant, inspire-moi !

Records of the past, t. XI, pp. 123-125.

Samas est le nom assyrien du Soleil. En accadien *Uttù* et *Parra*. Il est fils de *Bel* et d'*Anù* (ou *Nù*, ou *Nou*). T. XI, p. 119.

Kalù, ville de Chaldée. T. IX, pp. 3 et 5.

Page 45, note 2. — *Records of the past,* t. XI, pp. 33 et 35.

TABLE

TABLE

Achevé d'imprimer

le neuf juin mil huit cent quatre-vingt-seize

PAR

ALPHONSE LEMERRE

25, RUE DES GRANDS-AUGUSTINS, 25

A PARIS

1. — 2609.

POÈTES CONTEMPORAINS

Volumes in-18 jésus. — Chaque volume : 3 fr.

JEAN AICARD	*Le Livre d'heures de l'Amour*	1 vol.
R. DE L'ANGLE-BEAUMANOIR	*Soleils couchants du Rêve*	1 vol.
THÉODORE DE BANVILLE	*Nouvelles Odes funambulesques*	1 vol.
—	*Idylles prussiennes*	1 vol.
—	*Les Princesses*	1 vol.
AUGUSTE BARBIER	*Poésies posthumes*	1 vol.
L'ABBÉ JEAN BARTHÈS	*Autour du Clocher*	1 vol.
ANDRÉ BELLESSORT	*La Chanson du Sud*	1 vol.
YVES BERTHOU	*La Lande fleurie*	1 vol.
—	*Les Fontaines miraculeuses*	1 vol.
PIERRE DE BOUCHAUD	*Rythmes et Nombres*	1 vol.
JULES BRUN	*Le Romancero roumain*	1 vol.
ÉMILE CHEVÉ	*Les Gouffres*	1 vol.
FRANÇOIS COPPÉE	*Premières Poésies*	1 vol.
—	*Poèmes modernes*	1 vol.
—	*Les Humbles*	1 vol.
—	*Le Cahier rouge*	1 vol.
—	*Les Récits et les Élégies*	1 vol.
—	*Contes en vers et poésies diverses*	1 vol.
—	*Les Paroles sincères*	1 vol.
AMÉLIE DEWAILLY	*Nos Enfants*	1 vol.
LÉON DIERX	*Les Amants*	1 vol.
AUGUSTE DORCHAIN	*La Jeunesse pensive*	1 vol.
—	*Vers la Lumière*	1 vol.
FRANÇOIS FABIÉ	*La Bonne Terre*	1 vol.
—	*Voix Rustiques*	1 vol.
A. FOULON DE VAULX	*Deux Pastels*	1 vol.
PHILIPPE GILLE	*L'Herbier*	1 vol.
LÉONCE DE JONCIÈRES	*L'Ame du Sphinx*	1 vol.
JEAN LAHOR	*Les Quatrains d'Al-Ghazali*	1 vol.
EUGÈNE LE MOUEL	*Fleur de Blé Noir*	1 vol.
ANDRÉ LEMOYNE	*Fleurs du Soir*	1 vol.
JEANNE LOISEAU	*Fleurs d'Avril*	1 vol.
—	*Rêves et Visions*	1 vol.
PAUL MARIÉTON	*Hellas*	1 vol.
ALBERT MÉRAT	*Au fil de l'eau*	1 vol.
—	*Poèmes de Paris*	1 vol.
GEORGES RODENBACH	*La Jeunesse blanche*	1 vol.
LUCIEN PATÉ	*Le Sol sacré*	1 vol.
SULLY PRUDHOMME	*Les Épreuves*	1 vol.
—	*Les Solitudes*	1 vol.
—	*Le Premier Livre de Lucrèce*	1 vol.
—	*Les vaines Tendresses*	1 vol.
—	*La Justice*	1 vol.
—	*Le Prisme*	1 vol.
—	*Le Bonheur*	1 vol.

PARIS. — Imp. A. LEMERRE, 25, rue des Grands-Augustins. 3.-2609

www.ingramcontent.com/pod-product-compliance
Lightning Source LLC
LaVergne TN
LVHW020327230826
846091LV00003B/790